Christmas Actually

Chère Stéphanie,

Belle aventure en compagnie de Chiara et de sa famille haute en couleurs –

Amicalement,

Linda Da Silva

Linda Da Silva

Christmas Actually

nouvelle

Lacoursière Éditions

Lacoursière Éditions
A-138 rue Saint-Vincent
Sainte-Agathe-des-Monts
Québec, Canada
J8C 2B2
Téléphone :
(+1) 514 601 2579

ISBN version brochée : 978-2-925239-08-6
Dépôt légal : Troisième trimestre 2022

1.

« La famille, c'est l'amour. C'est
tout ce qui compte. »

Lyne Ménard

Depuis son plus jeune âge, Chiara, au caractère bien trempé, représente la joie incarnée pour toute sa famille, le bonheur coule dans ses veines. La jeune Italienne de vingt-quatre printemps demeure ce lien qui permet à tout le monde de profiter de moments inoubliables ensemble.

Pourtant, depuis quelques années, la famille se disloque et prend des chemins différents. Certains sont partis à l'étranger, d'autres ne se parlent même plus. La jeune femme semble très malheureuse de cette situation, encore plus depuis son fameux rendez-vous d'il y a quelques semaines. Sa décision est prise, cela ne peut plus durer.

Une idée germe dans son esprit depuis une semaine : un calendrier de l'avent spécial pour cette année. Chiara entame, depuis le mois d'octobre, sa dernière année à la faculté de langues à Paris, et vit dans une résidence étudiante. Pour organiser ce Noël spécial, la jeune Italienne a besoin de temps, de beaucoup de temps. Du 1er au 24 décembre, elle compte bien parcourir les kilomètres qui la séparent de sa famille et les réunir pour un réveillon de Noël exceptionnel, chez sa mère à Bordeaux. Elle lui en parlera le moment venu, il est trop tôt pour l'évoquer, tout d'abord il lui faut contacter tous les membres de sa famille. Rien n'entamera son enthousiasme ; elle est même prête à faire l'école buissonnière pendant tout le mois de décembre !

Un récapitulatif semble nécessaire afin d'avoir le temps de tout préparer. Première étape : la jeune femme se rendra à Londres, chez son oncle Nino, qui vit seul depuis qu'il a perdu sa femme Kaitlyn, il y a quelques années. Ses deux filles Sarah et Emily, respectivement vingt-cinq et vingt-sept ans, ne vivent plus avec lui. Leurs études constituaient une excuse parfaite pour quitter le nid familial. Depuis la mort de leur mère, les jeunes étudiantes souhaitaient fuir leur père qui, devenu alcoolique depuis sa retraite, passait son temps à la maison à vider ses bouteilles, ses nouvelles meilleures amies.

Ensuite, Chiara retournera en France pour se rendre en Bretagne chez sa tante Luisa, la sœur de sa mère, dont le fils Noah est son cousin préféré, duquel elle est très proche grâce aux réseaux sociaux. Le jeune homme sort d'une rupture difficile et n'est pas très enthousiaste à l'idée de fêter Noël, elle compte bien le faire changer d'avis.

Puis, le plus compliqué : retour aux sources en Italie où vit sa grand-mère, veuve depuis plusieurs années, elle a toujours refusé de quitter sa ville natale, Vérone. La mère de Chiara lui a maintes fois proposé de vivre avec eux, sans succès. Cette grand-mère n'a jamais compris que tous ses enfants soient partis vivre ailleurs, et leur en veut énormément. Elle n'a jamais quitté son pays ni pris l'avion ou le train, préférant rester dans cette ville avec ses amis, ses activités de tricot, de cartes, et ses téléfilms à l'eau de rose.

Dernière étape : Bordeaux chez sa mère Rosa, pour la convaincre d'accueillir tout le monde pour Noël. Rien ne viendra se mettre entre elle et son projet. La jeune femme a vidé son compte en banque. Ses maigres économies, durement gagnées grâce au baby-sitting et aux cours d'anglais qu'elle dispense, lui serviront pour son long voyage. Vêtue d'un jean, d'un T-shirt, d'un pull en laine, d'un blouson en cuir offert par sa mère l'an dernier pour son anniversaire, de bonnes chaussures de marche, et de son sac à dos, son périple commence aujourd'hui le 1er décembre.

Munie de ses billets réservés sur l'Eurostar, elle arrive à la gare et après les formalités d'usage, la jeune femme s'assoit enfin à sa place. À la fois soulagée et inquiète, n'ayant prévenu personne. Elle prend un livre dans son sac et se détend en le parcourant durant tout son trajet.

Arrivée à Londres, Chiara extirpe de son sac un petit carnet rouge, où sont notées les adresses de toute sa famille ainsi que leurs numéros de téléphone.

La jeune Italienne inspire une énorme bouffée d'air frais, pénètre dans le métro en direction de l'appartement de son oncle, en appréhendant ce qu'elle y trouvera. Dix longues années sont passées sans le voir, pourtant si proches grâce à l'Eurostar. Chiara déambule dans les rues, traverse de nombreux parcs et croise quelques écureuils. Le froid paralyse ses mains qui tiennent son plan récupéré dans le métro. L'hiver à Londres paraît encore plus frais qu'à Paris. Les décorations de Noël parent déjà les rues, elle a hâte de les contempler lorsqu'elles scintilleront ce soir.

Après un parcours d'environ une demi-heure, la jeune femme arrive enfin devant l'immeuble de son oncle, certaine de le trouver chez lui à cuver son vin, si rien n'a changé depuis le temps. Chiara reste immobile et observe le quartier. Des enfants jouent ensemble au ballon devant l'entrée de l'immeuble malgré le froid, à croire qu'à leur âge rien ne peut les arrêter. Une femme pénètre dans l'immeuble avec ses courses, Chiara l'aide à les porter et en profite pour se faufiler dans l'entrée. Observant les boîtes à lettres, elle distingue le nom de son oncle, l'étage, ainsi que le numéro de son appartement. Sa main tremblante appuie sur l'interphone.

2.

« La résilience, c'est l'art de
naviguer dans les torrents. »

Boris Cyrulnik

Après plusieurs tentatives, son oncle répond enfin d'une voix semblant provenir d'outre-tombe.

— Foutez-moi la paix !

— Nino, c'est moi Chiara, ta nièce.

Un blanc qui a paru durer une éternité s'est achevé avec la sonnerie de l'ouverture de la porte. La jeune femme prend l'ascenseur jusqu'au troisième étage et se dirige vers l'appartement paraissant déjà ouvert.

Chiara se tient devant la porte, la jeune femme semble terrifiée à l'idée d'entrer, l'odeur insoutenable ne l'y invite pas. Elle pénètre tout de même dans l'appartement, sombre : des cartons de pizza étalés partout à terre, des bouteilles de vin et de bières couchées à même le sol, dont certaines à moitié vides. La jeune femme fait un tour sur elle-même, totalement incrédule et pensant que la situation se révèle bien pire que prévue. Nino s'est laissé tomber sur le canapé, une bière à la main, les yeux dans le vague.

Ne perdant pas une minute, Chiara tire les rideaux et ouvre les fenêtres afin d'aérer les pièces. Son oncle protège ses yeux à l'aide de sa main, les sentant brûler à cause de cette lumière pénétrant dans le salon. Depuis le décès de sa femme, puis le départ de ses filles, sa vie n'est plus qu'un cauchemar en attendant que la mort vienne enfin le chercher.

Elle dépose son sac dans l'une des anciennes chambres de ses cousines et se rend dans la cuisine pour préparer à manger. Dans le frigo, à part des bouteilles, rien de solide ne s'y trouve. Elle se dirige vers Nino et s'installe près de lui sur le canapé.

— Tonton, mais qu'est-ce qu'il t'arrive ? Tu as vu l'état de ton appartement ? Tu ne peux pas continuer à vivre comme ça ! s'écrie-t-elle les larmes aux yeux.

— Et alors quoi, tu viens me sauver, hein ? s'énerve Nino, en buvant une gorgée de sa bière.

Chiara n'a pas fait tout ce chemin pour laisser tomber, elle reprend son souffle et enchaîne.

— Écoute-moi bien Nino, tu as assez gâché ta vie, il est temps de remonter la pente. Tu vas te tuer la santé, au lieu de profiter du temps qu'il te reste sur cette terre. Je suis venue pour t'y aider ! crie-t-elle en lui retirant la bouteille de bière des mains.

Nino se lève, Chiara commence à se dire qu'il reste très impressionnant avec son mètre quatre-vingt-dix ; et le regard qu'il lui assène ne la rassure en aucun cas.

— C'est toi qui vas m'écouter petite fille ! Je suis chez moi ici, et je ne te permets pas de me juger ou encore moins de me dire ce que j'ai à faire, et...

Il s'interrompt, tenant à peine debout et manquant de tomber sur le canapé. Chiara tente de le soutenir malgré son poids, et le conduit dans sa chambre pour qu'il se repose. Il s'allonge et s'endort aussitôt.

Chiara retourne dans le salon, entreprend de ramasser toutes les bouteilles au sol et de les jeter dans des sacs poubelle. La jeune femme en profite pour faire un peu de ménage. Elle trouve les clés de l'appartement dans l'entrée, s'en empare et se rend au supermarché pour effectuer quelques courses.

La jeune femme cherche sur son téléphone, et le lieu le plus proche, facilement accessible à pied, se trouve à vingt minutes : Borough market, l'un des plus grands marchés alimentaires de la ville, qui s'étend en-dessous et autour des arches du chemin de fer à London Bridge. Arrivée sur place, elle achète de quoi se restaurer pendant quelques jours et remplir le frigo de Nino.

De retour dans l'appartement, la nuit commence à tomber, son oncle se trouve toujours profondément endormi dans sa chambre. Chiara prépare le dîner tranquillement dans la cuisine, espérant qu'il sera dans de meilleures dispositions à son réveil.

Une demi-heure plus tard, Nino s'éveille enfin, affublé d'un mal de tête épouvantable. L'homme se dirige vers la salle de bain et prend une aspirine. Une odeur agréable, qu'il n'a d'ailleurs pas sentie depuis un moment, se dégage de la cuisine et l'attire comme un aimant. Il observe Chiara s'atteler à mettre la table et s'assoit sans piper mot. La jeune femme lui dépose une assiette de pâte à la carbonara. Elle s'assoit ensuite face à lui. L'homme déguste son repas rapidement, comme s'il n'avait pas mangé depuis des siècles ! Elle n'en revient pas, ses sentiments sont mitigés. Elle est si heureuse de l'observer dévorer son repas, mais peinée que son oncle paraisse si triste.

Nino termine son délicieux dîner et sourit tendrement à sa nièce. Il lui propose de s'installer sur le canapé pour discuter, elle le suit volontiers. L'homme lui raconte ses dernières années passées seul. Il ne s'en plaint pas, car il a bien conscience qu'il reste le seul fautif de cette situation. À la mort de sa femme Kaitlyn, des suites d'une longue maladie, il a perdu pied et s'est montré incapable de s'occuper correctement de ses deux filles. Au fur et à mesure des années, l'alcool aidant, il a sombré, laissant ses filles s'élever seules. Lorsqu'elles en ont eu l'âge et l'occasion, elles ont quitté l'appartement. Il ne leur en veut pas du tout, et les comprend parfaitement. Nino était devenu..., ou plutôt est devenu une vraie loque humaine, ne sortant que pour acheter son alcool, en attendant la mort.

Chiara n'en revient pas, comment toute la famille a pu le laisser décliner de cette manière ? Elle reste consciente que sa mère et sa tante ont tenté de lui venir en aide, sans succès. Elle ne restera pas les bras croisés à le regarder dépérir une minute de plus. La jeune femme se lève du canapé, déterminée, et s'adresse à son oncle.

— Je ne te laisserai pas t'enfoncer encore plus, tu mérites une belle vie. Le plus important reste la famille, je ne t'abandonnerai pas !

— Il est trop tard pour moi ma puce...lâche-t-il, en baissant les yeux.

— Il n'est jamais trop tard pour montrer à tes filles

que tu les aimes et que tu es présent pour elles ! crie-t-elle avec une détermination qu'elle ne se connaissait pas.

La jeune femme lui demande son téléphone portable pour contacter ses cousines. Ne sachant pas comment réagir, n'ayant plus la force de lutter, il le lui tend. Elle court se réfugier dans la chambre et les contacte. Pendant ce temps-là, Nino s'affaire à ranger la cuisine, ce dîner lui a fait beaucoup de bien. Tout ne va pas s'arranger miraculeusement, mais la présence de sa nièce a réchauffé son cœur, et a réveillé en lui le peu d'envie de vivre qu'il lui reste.

Après plus d'une heure de conversation avec Sarah et Emily, elle a réussi à les convaincre de la rencontrer demain matin au parc près de chez leur père, mais elles refusent de le revoir pour le moment. C'est un début, la jeune Italienne va tenter de leur faire changer d'avis et d'accepter au moins un dîner.

À son retour dans le salon, Chiara semble ravie de découvrir la cuisine rangée et son oncle s'affairer dans la salle à manger. Il se tourne vers elle, pose les sacs poubelle qu'il tenait à la main, s'approche et la serre dans ses bras.

— Je t'ai entendu parler avec mes filles, je comprends qu'elles ne veuillent pas me voir. Je les ai abandonnées. Ta venue a déclenché un déclic en moi. Je ne vais pas arrêter de boire du jour au lendemain, mais je te promets d'essayer.

— Tu ne pouvais pas me rendre plus heureuse, mais n'oublie pas que tu le fais pour toi en premier lieu et également pour tes filles, pour les revoir.

L'homme lui explique qu'il se sent tellement inutile, qu'il avait eu envie de mourir tant de fois. Ces mots résonnent en Chiara, au plus profond de son cœur. Il est si difficile pour elle de le découvrir dans cet état.

Submergé par la fatigue après ce bon dîner, Nino retourne se coucher. La jeune femme s'installe dans son lit et continue à lire le roman commencé dans le train, impatiente à l'idée de revoir ses cousines dès le lendemain matin. Rendez-vous est pris à 8h00, assez tôt pour qu'elles puissent ensuite se rendre à leur travail.

Le lendemain matin, Chiara paraît surprise de trouver un mot sur la table de la cuisine de la part de son oncle.

Je suis parti au magasin pour acheter de quoi te préparer un bon petit déjeuner à l'anglaise, ça ne vaut pas tes croissants, mais on s'en contentera. À tout de suite !

Nino

Dix minutes plus tard, Nino revient les bras chargés et s'installe dans la cuisine pour préparer le petit déjeuner. Chiara s'assoit sur l'un des tabourets de bar et l'observe. L'homme lui dépose une assiette composée de bacon, d'œufs au plat, de toasts grillés avec de la marmelade, et de saucisses accompagnées de haricots blancs à la sauce tomate. D'abord intriguée, elle se laisse tenter et déguste son assiette sans un mot.

Repue par ce délicieux repas, la jeune femme s'affale quelques minutes sur le canapé. Nino la rejoint, elle pose sa tête sur sa large épaule. Regardant sa montre, Chiara se rend alors compte qu'elle ferait mieux de se dépêcher si elle ne souhaite pas être en retard à son rendez-vous avec ses cousines.

En attendant les filles sur un banc dans le parc, elle observe les gens qui se promènent ou courent. Emily et Sarah arrivent ensemble, elles ont dû se retrouver devant le parc pour la rejoindre en même temps. Chiara se lève et toutes se prennent dans les bras. Quelles belles retrouvailles ! Après toutes ces années sans se voir, elles se rendent compte à quel point elles ont changé et se sont manqué.

Après avoir échangé des banalités, Chiara leur avoue enfin le motif de sa venue. Ses cousines lui font comprendre qu'elles en veulent énormément à leur père, qui les a abandonnées, ce qui confirme ce que pense Nino. La jeune femme tente de les convaincre qu'elle n'est pas là pour les juger ou leur dire ce qu'elles ont à faire. Elle leur explique son projet, le fait que la famille s'est éparpillée partout et que les moments ensemble se font si rares. Son speech ne les convainc pas plus que ça. Pourquoi maintenant ? Chiara tente de leur montrer à quel point c'est le bon moment, tous se retrouver pour Noël serait un merveilleux cadeau pour tout le monde. Pardonner à leur père sera sûrement difficile, peut-être juste accepter de le revoir et de passer du temps avec lui. Leur père semble avoir envie de remonter la pente et il aura besoin de ses filles pour ça.

— Et lui, où se trouvait-il lorsqu'on avait besoin de lui ? s'énerve Emily les larmes aux yeux.

Chiara lui prend la main et la fixe du regard.

— Personne ne sait de combien de temps il bénéfice sur cette terre, je ne dis pas qu'il faut lui pardonner, mais juste qu'il faut profiter des personnes que l'on aime pendant qu'elles sont encore présentes, sinon on risque de le regretter.

La jeune femme paraît avoir fait mouche. Elles se mettent d'accord pour réfléchir à sa proposition de dîner chez leur père le lendemain soir. Ensuite, Chiara devra quitter Londres. Les filles se contacteront quand elles se seront décidées.

La jeune Italienne profite de cette journée fraîche, mais ensoleillée pour visiter la ville. En déambulant dans la rue, elle tombe sur un père Noël qui secoue une cloche dans sa main et souhaite de belles fêtes de fin d'année aux passants. Avec son anglais parfait, elle lui souhaite également de bonnes fêtes et dépose quelques billets dans son panier. Il la remercie chaleureusement et lui offre quelques chocolats, qu'elle accepte volontiers. Tout en les dégustant, elle remarque également des prospectus dans les mains du père Noël et lui demande des informations. L'homme lui explique qu'ils sont à la recherche de personnes bénévoles pour distribuer des repas aux plus démunis dans un endroit non loin d'ici. La jeune femme en prend un et pense à ce que lui a dit son oncle : ''Je me sens tellement inutile.''

De retour à l'appartement, elle déjeune avec Nino

puis passe la journée avec lui à discuter et marcher à la découverte de cette jolie ville, qu'elle ne connaissait qu'à travers les magazines. Son oncle a l'impression de respirer à nouveau depuis l'arrivée de sa nièce, il a envie de vivre, comme il n'en a pas eu envie depuis des années. Sa jeunesse, sa fougue, son enthousiasme ont eu raison de sa tristesse. Il a envie de revoir ses filles et espère qu'un jour elles pourront lui pardonner toutes ses années gâchées et perdues par son unique faute.

Ils s'assoient sur un banc et Chiara constate que son oncle a l'air dans de meilleures dispositions que lorsqu'elle est arrivée. Rassurée, elle sort le prospectus de sa poche et se lance :

— Nino, tu m'as dit lorsque nous avons discuté que tu te sentais inutile, tente-t-elle d'une petite voix.

— Oui ma puce, depuis le départ des filles, je ne suis plus rien, souffle-t-il baissant les yeux.

Chiara lui prend la main et le fixe du regard, espérant le convaincre. Elle lui tend le prospectus. Il prend le temps de le lire avant de s'adresser à elle.

— Je ne suis même pas capable de m'occuper de moi-même et tu veux que je vienne en aide à d'autres ? s'étonne-t-il.

— Quel meilleur moyen de se sentir utile ? Tu te rends compte que ce sont des personnes qui ont encore plus besoin d'aide que toi ? Il s'agit seulement de leur procurer un moment de douceur dans leur vie difficile et un bon repas. Tu peux même t'y rendre dès demain pour le déjeuner.

— Je ne sais pas, je ne suis pas sûr...

Nino se perd dans ses pensées : comment une gamine de vingt-quatre ans peut-elle se montrer aussi mature ? Plus que lui en tout cas. Il a bien conscience qu'elle a raison, il doit faire quelque chose pour changer le cours de sa vie et peut-être un jour revoir ses filles, qui lui manquent tant.

— D'accord, tu as gagné, je vais essayer, je m'y rendrai demain pour le déjeuner. Je les appellerai en rentrant à l'appartement.

Folle de joie, Chiara se lève et sautille dans tous les sens. Nino, devant une telle effusion, ne peut que se montrer attendri. Ils rentrent tous les deux bras dessus, bras dessous, et passent une merveilleuse soirée à se remémorer les souvenirs de son enfance. Son oncle lui raconte les nombreux dossiers qu'il détient sur sa mère et sa tante, elle ne les oubliera pas !

Le Lendemain matin, un message sur son portable la réveille, c'est Sarah. Désolée, elle ne trouve pas la force de revoir son père en ce moment, surtout pour un dîner dans son appartement. C'est trop pour elle, de même pour Emily. Même si Chiara reste très déçue, elle ne peut que les comprendre, comment les convaincre en si peu de temps, elle doit déjà repartir demain, sinon elle ne pourra pas mener son projet à terme. Une idée s'immisce doucement dans son esprit. Heureusement qu'elle n'avait pas parlé du dîner à son oncle, il aurait été tellement déçu.

Elle se dirige vers la salle de bain et prend une douche. À son arrivée dans le salon, elle découvre son oncle se parant de son manteau.

— Où te rends-tu tonton ? s'interroge-t-elle.

— Tu as la mémoire courte jeune fille, je m'en

vais au Campus Kitchen me rendre utile et distribuer quelques repas !

Chiara se jette sur lui et le serre dans ses bras. Puis, en se tournant vers la cuisine, elle distingue quelques bouteilles de bières terminées et baisse les yeux. Nino le remarque.

— Je t'avais confié que j'allais tenter d'arrêter, mais je ne peux pas stopper d'un seul coup. Tu sais ma puce, il va me falloir du temps…

— Je comprends, parvient-elle à souffler.

Elle s'habille à la hâte, et profite d'une dernière promenade dans un parc, respirant à fond cet air qui lui fait tant de bien. Puis, elle se rend également au Campus Kitchen pour observer discrètement son oncle à travers la baie vitrée. Quel bonheur de le voir sourire et discuter avec d'autres personnes ! Il semble si serein en distribuant les repas, et tellement ravi de se trouver ici. Sortant son téléphone portable, elle se décide à le prendre en photo sous toutes les coutures. La jeune femme en envoie quelques-unes à ses cousines accompagnées d'une légende : N'est-il pas beau notre généreux père Noël au Campus Kitchen ?

Elle patiente un quart d'heure, mais ne reçoit aucune réponse. Qu'à cela ne tienne, elle pénètre dans l'établissement et se dirige vers son oncle. En la découvrant, son cœur bat la chamade et son sourire lui montre à quel point il est heureux. L'homme la présente fièrement à ses nouveaux collègues de distribution. Chiara le laisse travailler et fait le tour du propriétaire. Pendant près d'une demi-heure, elle se rend compte à quel point les personnes dans le besoin sont nombreuses, et comme cela réchauffe le cœur de voir tant de monde leur venir en aide.

Tout à coup, elle distingue deux femmes qui font leur entrée. À sa grande surprise, ce sont Sarah et Emily. Sa première intention de courir vers ses cousines s'estompe rapidement, elle décide finalement de rester en retrait. C'est leur moment, elle ne doit pas les en priver.

Les filles observent leur père de loin sans bouger. Cela doit faire bien longtemps qu'elles ne l'ont pas vu tenir debout, sobre, aidant les autres. Elles se prennent par la main, comme pour se donner du courage, et s'approchent. Chiara les regarde toujours de loin, toute tremblante.

Nino se penche pour distribuer un repas, puis se relève pour accueillir une nouvelle personne. Ce ne peut être qu'un rêve, ce ne sont pas ses filles qui se tiennent devant lui en larmes, se prenant par la main. Il en lache le sachet qu'il tenait, s'échappe de son comptoir et reste planté devant elles, ne sachant pas comment réagir pour ne pas les effrayer. Sarah et Emily se regardent, se comprennent, s'approchent de leur père et le serrent toutes deux dans leurs bras. Nino, qui avait cessé de respirer, prend une énorme bouffée d'air en les serrant dans ses bras en retour, en larmes.

Tout le monde contemple cette scène émouvante. Chiara n'arrive plus à contenir ses larmes et les rejoint. Nino ouvre ses bras pour y inclure sa nièce, qui ne se fait pas prier.

— Tu nous as tellement manqué papa, lance

Emily en lui caressant la joue.

— Mes filles, si vous saviez comme je suis heureux de vous revoir, je suis bien conscient que je vous ai abandonnées. Je vous promets de passer le reste de ma vie à me faire pardonner, murmure-t-il les fixant du regard.

Nino, observant la queue s'agrandir s'excuse et retourne derrière son comptoir pour vaquer à sa nouvelle occupation qui lui procure beaucoup de plaisir et de fierté. Emily et Sarah doivent retourner au travail, elles l'embrassent de loin, en posant leur main sur leurs lèvres, et sortent avec Chiara.

Même si tout ne va pas s'arranger comme par magie, une première étape a été franchie, ce n'est que le début...

La jeune Italienne rentre à l'appartement, prépare son sac pour son départ du lendemain matin, c'est la dernière soirée qu'elle va passer en compagnie de son oncle. Son train part très tôt, elle ne doit pas veiller trop tard.

Nino revient en fin d'après-midi, il s'approche de sa nièce pour la prendre dans ses bras.

— Et que me vaut cet honneur tonton ? s'exclame-t-elle en le gratifiant d'un grand sourire.

Son oncle tente de lui montrer à quel point il lui est reconnaissant d'être venue lui rendre visite, et d'avoir changé sa vie en seulement quelques jours. Nino insiste pour lui faire découvrir les décorations de Noël de nuit. Tous deux se promènent dans les rues, les yeux brillants, éblouis par les illuminations. Chiara ne se lassera jamais de ces lumières de Noël, son moment préféré de l'année. Ils discutent main dans la main, navigants dans les rues de Londres, un moment hors du temps.

Le lendemain, il l'accompagne en train à la gare, lui promettant de venir en France, à Bordeaux, le 24 décembre avec ses filles pour fêter Noël ensemble en famille.

Première mission accomplie pour Chiara, mais tout n'est pas encore gagné, il reste encore du monde à convaincre !

3.

« L'amour est une étoffe tissée par la nature et brodée par l'imagination. »

Voltaire

Direction la Bretagne, et plus précisément Saint-Malo qui constitue la seconde étape de son périple. Prochaines personnes à persuader : sa tante Luisa et son cousin Noah. Chiara se sent fatiguée, mais rien ne l'arrêtera. Cette année sera particulière, et c'est une véritable occasion de se retrouver tous ensemble.

Arrivée à la gare de Paris Montparnasse, elle se dirige vers son TGV, ces deux heures trente de trajet vont lui permettre de se reposer. Un arrêt à Vannes, puis un changement de train pour prendre le TER jusqu'à Saint-Malo. Chiara est la plus jeune des cousins, cousines, toujours chouchoutée comme un bébé, notamment par Noah de qui elle est restée très proche.

Lorsqu'elle l'appelle sur son portable en arrivant à la gare de Saint-Malo, il n'en croit pas ses oreilles et vient évidemment la chercher en voiture. Son cousin arrive et la trouve assise sur un banc. Il la reconnaîtrait entre mille, ses yeux émeraudes, ses longs cheveux roux qui lui descendent sur les épaules, ses vêtements colorés et sa façon d'observer les gens en continu. Il s'approche d'elle et la siffle comme lorsqu'ils étaient petits et qu'il la cherchait. La jeune femme qui reconnaît immédiatement le sifflement caractéristique de son cousin, court vers lui et saute dans ses bras, accrochant ses jambes autour de sa taille, tout en enfouissant son visage dans son cou. Noah a toujours adoré la spontanéité de sa cousine, du haut de ses vingt-neuf ans, même avec cinq ans d'écart il a toujours été proche d'elle. Malgré la distance, ils n'ont jamais cessé de se donner des nouvelles. Il faut dire que les nombreux moyens de communication modernes les ont bien aidés. Il ne leur manquait que le contact humain, pouvoir se revoir.

Le jeune homme, fils unique, a toujours considéré Chiara comme sa petite sœur, et l'a sans cesse surprotégée. Devenue une belle jeune femme, il ressent tout de même cette même tendresse envers elle. Cette journée a bien commencé pour lui. Dès son appel, il est allé la chercher et a posé quelques jours de repos à son travail, pour profiter pleinement de sa visite. Lorsqu'il le lui apprend, elle semble aux anges, de pouvoir passer les trois prochains jours avec son cousin bien-aimé. Elle ne pouvait pas être plus comblée. La jeune femme appréhende par contre de revoir sa tante Luisa, en froid avec sa mère depuis des années, mais espère bien la convaincre de venir à Bordeaux pour Noël. Elle explique son plan à son cousin, qui ne se montre pas très optimiste : les deux sœurs ne se sont pas adressé un seul mot depuis la brouille.

Pour le moment, Chiara souhaite savourer ses retrouvailles avec Noah. Le jeune homme l'amène près de la mer, cela fait longtemps qu'elle ne l'a pas vue. Ils marchent tranquillement en se remémorant leurs souvenirs d'enfance.

— Alors ma belle, comment comptes-tu convaincre ma mère de venir à Bordeaux ?

— Aucune idée, je vais improviser, en plus je ne sais même pas pourquoi elles ne se parlent plus depuis toutes ces années.

Ma mère ne veut jamais m'en parler ! lâche-t-elle blasée.

Lui-même ne sait pas grand-chose non plus, sa mère ne voulait pas le mêler à leurs histoires. Il lui envoie un texto pour la prévenir qu'il viendra dîner chez elle ce soir avec Chiara, pour ne pas la prendre au dépourvu. En attendant, il a prévu de se rendre à la patinoire, comme lorsqu'ils étaient plus jeunes et qu'il poussait Chiara sur la glace. Elle est enchantée à cette idée.

Arrivés sur place, elle chausse ses patins tout en regardant son cousin récupérer les siens. Elle est triste qu'il vive une déception amoureuse et qu'il ait du mal à s'en remettre. Il n'a pas évoqué le sujet, alors elle ne compte pas gâcher ce moment en le mettant sur le tapis.

Cela fait des années que la jeune fille n'est pas montée sur des patins. Son arrivée sur la glace se révèle assez difficile ; heureusement, son cousin est présent pour l'aider en la poussant.

— Voilà, comme ça, c'est fait, tu appréhenderas

moins ! s'écrie-t-il en riant.

— Tu vas me le payer Noah, répond-elle en tentant de le suivre.

Les deux cousins passent une heure à patiner, se tenant la main, discutant et se redécouvrant. Rien ne vaut de se voir et de pouvoir partager de bons moments ensemble. Il est temps de se rendre chez Luisa, elle ne supporte pas de dîner tard. Les deux jeunes gens arrivent devant la porte, Chiara respire un bon coup avant que Noah ne sonne. Luisa apparaît rapidement et les fait entrer. Sa tante la serre dans ses bras. La jeune femme, bien que ravie de ce chaleureux accueil, le trouve inattendu.

Luisa les installe dans le salon pour prendre l'apéritif. Sa tante souhaite tout savoir de ce qu'elle a manqué ces dernières années. Elle avait des nouvelles par son fils bien sûr, mais aimerait en savoir plus. La jeune fille lui parle de ses études presque terminées, de son amour des voyages et de l'année sabbatique qu'elle avait prise pour visiter le monde, il n'y a pas si longtemps.

Chiara a failli enchaîner en lui demandant pourquoi elle ne parle plus à sa mère, mais en y réfléchissant bien, elle ne souhaite pas gâcher ses retrouvailles. Il lui semble plus indiqué de le faire après le dîner.

Sa tante leur a préparé un somptueux repas en l'honneur de sa nièce. Noah plaisante avec sa mère lui expliquant qu'il faudrait que Chiara vienne plus souvent, il se prend un coup de serviette. Luisa leur a cuisiné sa spécialité, des lasagnes maison, un vrai régal, suivi d'une salade de fruits frais de saison.

Après le dîner, les deux cousins sont installés sur le canapé et contemplent les photos des albums que leur a confiés Luisa, le temps qu'elle range la cuisine. Ces souvenirs sur papier glacé se révèlent être un véritable régal pour eux, qui ne possèdent que des photos sur leur smartphone et ne prennent jamais le temps de les imprimer. Luisa les rejoint enfin, leur apportant des tasses de chocolat chaud qu'elle dépose sur la table basse. Elle s'installe près de sa nièce et commente les photos.

Arrive un cliché de sa tante avec sa mère, à l'adolescence, Chiara profite de ce moment pour évoquer le sujet.

— Tata, pourquoi vous ne vous parlez plus avec ma mère depuis si longtemps ? murmure-t-elle du bout des lèvres.

Sa tante souffle, elle s'attendait évidemment à cette discussion. Elle fixe Chiara du regard, tout en refermant l'album. Noah est également tout ouïe. Luisa semble perdue dans ses pensées, se remémorant ses vieux souvenirs. Elle dépose sa main sur celle de sa nièce, et leur conte l'histoire.

Petites, malgré leurs quatre ans d'écart, Luisa et sa mère étaient très proches, toujours à jouer ensemble, se taquiner, inventer des histoires de prince et de princesse. Les deux sœurs ne se quittaient jamais. Puis, chacune a grandi, avec son propre caractère, ses propres désirs, et elles se sont éloignées. Rosa, la mère de Chiara est devenue plus distante avec sa sœur, à croire que les quatre ans d'écart prenaient plus d'importance avec le temps. Elle ne jouait plus avec Luisa, qui s'est sentie abandonnée. Rosa était la plus intelligente, la plus jolie, celle qui réussissait tout. Luisa était, selon elle, le vilain petit canard : des résultats moyens à l'école, pas beaucoup d'amis ; tous les ingrédients réunis pour en faire une ratée, comme le pensait son père avant sa mort. Elle savait pertinemment que son père n'éprouvait que du dédain à son égard, alors qu'il préférait de loin sa sœur Rosa qu'il complimentait si souvent. Luisa a tenté d'en parler maintes fois à sa sœur, qui l'ignorait royalement, et se complaisait dans ce rôle de fille parfaite. Les deux sœurs ne se parlaient déjà presque plus. En grandissant, tous ses choix et ses décisions étaient critiqués soit par son père, soit par sa sœur. Rien n'était assez bien pour eux. Elle a fini par se dire qu'elle ferait mieux de quitter le nid avant de dire ou de faire des choses qu'elle pourrait regretter. Même son mariage s'est conclu par un divorce, alors que sa sœur file le parfait amour depuis des années. Luisa s'est toujours sentie inférieure. Ce qu'elle reproche à sa sœur, c'est de ne lui avoir jamais tendu la main, afin qu'elle trouve sa place au sein de la famille par laquelle elle s'est sentie si rejetée dès son plus jeune âge.

Chiara n'en revient pas de ses révélations, sa mère s'est montrée si dure envers sa petite sœur. Pourtant, son comportement avec elle n'est pas si différent, à vouloir sans cesse contrôler sa vie et ses décisions, rien n'est assez bien à ses yeux. La jeune femme se rend compte que l'attitude de sa mère date depuis sa jeunesse, et que sa tante en a souffert. Chiara la prend dans ses bras et regrette ce gâchis. Toutes ces années perdues à ne pas se voir, ni se parler... Il est grand temps que cela cesse, avec ses défauts et ses qualités, la famille reste un pilier et une part importante de la vie de chacun.

— Je te comprends, ma mère n'a pas toujours été tendre avec moi non plus, mais c'est ma mère et elle reste ta sœur. Je ne vous demande pas d'être aussi proches que lorsque vous étiez petites, mais que dirais-tu de se revoir à Noël et de fêter cela ensemble ? tente-t-elle peu convaincue.

Noah observe sa mère, la connaissant si bien, elle doit mener un combat intérieur. Sa gentillesse et sa générosité, viendront-elles à bout de sa fierté ? Luisa ne sait que répondre à sa nièce, sa demande reste légitime, mais arrivera-t-elle à mettre son ressentiment de côté l'histoire de quelques jours ?

Luisa a besoin de réfléchir et demande un peu de temps à sa nièce, ce qu'elle lui consent évidemment. La jeune Italienne va profiter quelques jours de son cousin, elle n'est pas à une journée près. La soirée se termine sous les meilleurs auspices. Luisa propose à Chiara de dormir chez elle plutôt que chez son fils, dont l'appartement est... Comment dire ? Une vraie porcherie ! La jeune femme ne se fait pas prier. Noah lui propose donc de regarder un film avant de les laisser.

Pendant que les deux cousins se disputent pour choisir le DVD à regarder, Luisa prépare du popcorn. Chiara souhaite évidemment regarder son film préféré de Noël Love actually, mais son cousin aimerait plutôt regarder un film d'action. Luisa tranche,

Chiara est l'invitée, elle choisira. Noah lui lance un peu de pop-corn sur le visage en guise de désapprobation et ça se termine en bataille.

Le lendemain matin, Noah passe chercher Chiara chez sa mère et l'emmène se promener. Il a loué des vélos, il lui conseille de bien se couvrir, le soleil est de la partie, mais le vent aussi. Lorsqu'ils étaient plus jeunes, ils avaient l'habitude de partir en randonnée à vélo, la distance ne leur fait pas peur. Le jeune homme a prévu une belle journée entre Saint-Malo et Cancale, à environ vingt kilomètres de là.

Chiara semble tout excitée à cette idée et ne tient plus en place. Noah, organisé, tient dans la main le plan, bien qu'il connaisse le chemin par cœur, pour l'avoir pratiqué à plusieurs reprises, on ne sait jamais. Les deux jeunes gens ont parcouru tranquillement la distance séparant Saint-Malo de Cancale, en suivant l'itinéraire vélo indiqué sur la carte. En longeant la côte bretonne, ils ont débouché sur la pointe sauvage de la Varde, accompagnés par le cri des mouettes qui planent dans le ciel et la marée qui monte. Ce paysage de falaises rocheuses dominant la mer n'est pas sans rappeler la presqu'île de Howth en Irlande, que Chiara connaît bien pour y avoir séjourné lors de son année passée à la découverte du monde.

Arrivés à Cancale aux alentours de midi, l'estomac dans les talons, les deux cousins sont plus que ravis d'être passés à travers les gouttes. Le ciel breton est lourd, et d'un gris menaçant. Le genre de temps qui fait que tout le monde s'enrhume, et que personne ne sait s'il doit mettre un T-shirt ou un pull. Ils attachent leurs vélos loués le matin même à l'office de tourisme de Saint-Malo, à l'entrée de la digue.

Noah décide d'acheter une douzaine d'huîtres à un vendeur à la criée, qu'ils vont déguster assis sur un muret, face à la mer. La jeune femme acquiesce aussitôt. Près d'eux, un couple de Bretons avait sorti l'artillerie lourde : beurre demi-sel, pain et vin blanc sec pour accompagner leurs huîtres. Ils ont dévoré leur repas en enviant leur organisation. Le couple, remarquant bien leur intérêt, cède à leur regard penaud et insistant, et partage avec eux du pain, du beurre, et leur propose même un verre de vin. Voilà tout à fait le type de moment spontané, volé à la vie que Chiara apprécie tant !

Et comme une douzaine d'huîtres, ça ne nourrit pas un homme, ils mettent ensuite le cap vers une jolie crêperie bretonne pour déguster une crêpe à la crème de citron maison, leur préférée à tous les deux.

Vers quinze heures, après être montés sur les hauteurs de Cancale afin de profiter d'un panorama à couper le souffle sur le parc à huîtres, les deux cousins ont repris la route jusqu'à Saint-Malo. L'itinéraire à vélo Saint-Malo-Cancale reste facile et accessible à tous. Il passe par des chemins de campagne peu fréquentés par les automobilistes. C'est très agréable d'y flâner.

Chiara n'oubliera jamais cette journée en compagnie de son cousin, leurs discussions, les sublimes paysages, c'est comme s'ils ne s'étaient jamais quittés. Les deux jours suivants se passent à merveille, Noah lui fait découvrir ses endroits préférés de la ville et lui présente ses amis, dont Inès, sa meilleure amie, avec laquelle elle crée immédiatement une certaine complicité. Ces moments en compagnie de sa cousine ont fait beaucoup de bien à Noah, qui comprend bien que rien n'est plus important que la famille. Il paraît que les cousins sont les premiers amis ! Son chagrin d'amour semble totalement oublié et le jeune homme appréhende le départ de Chiara prévu pour le lendemain. En passant du temps avec elle, il se rend compte à quel point elle lui a manqué.

Dernier dîner chez Luisa avant son départ pour l'Italie... Noah admire son courage, car tenir tête à leur nonna Ornella n'est pas une mince affaire. Leur grand-mère n'a jamais quitté son Italie natale, et il ne saisit pas comment sa cousine pourra réussir à l'en convaincre.

Au moment du dessert, Luisa lui sert celui qu'elle préférait à l'époque où elle se rendait en Italie voir sa grand-mère : Panna cotta à la vanille. Chiara en a les larmes aux yeux et déguste lentement son dessert. Ses papilles se régalent et se remémorent ses souvenirs d'antan, lorsque sa nonna cuisinait avec amour et que tout le monde parlait, ou plutôt criait autour de la table. En Italie, lorsqu'on discute en famille, on ne parle pas, on s'égosille !

Luisa s'installe à table et sans crier gare s'adresse à sa nièce.

— Nous serons présents chez ma sœur à Noël.

La jeune femme n'en revient pas et se tourne vers son cousin, qui paraît aussi dérouté qu'elle. Ont-ils bien entendu ? Vont-ils fêter Noël tous ensemble ?

— Arrêtez de me fixer de la sorte, sinon vous allez me faire changer d'avis ! s'écrie-t-elle les désignant chacun à leur tour avec sa cuillère.

Aucun des deux ne pipe mot, ne souhaitant pas contrarier Luisa. Leur dernière soirée se passe à merveille, entre souvenirs et promesse de se revoir bientôt et de ne plus jamais perdre le contact.

Le lendemain matin, Noah accompagne Chiara à la gare, la serre dans ses bras et a du mal à la laisser partir. Elle l'embrasse sur la joue et se dirige vers le quai. Soudain, la jeune femme se retourne et court vers son cousin, lui sautant à nouveau dans les bras, l'entourant de ses jambes, comme à son arrivée, mais cette fois pour lui dire au revoir.

— N'oublie jamais que je t'aime mon cousin, tu es comme mon frère ! lâche-t-elle très émue.

Ils s'embrassent, et cette fois elle se dirige vers le quai pour monter dans son train qui la ramène à Paris.

4.

« Qui ne peut jamais être seul un instant en Italie ? Chaque pierre a une voix, chaque grain de poussière semble être l'instinct d'un esprit du Passé, chaque marche rappelle quelque ligne, quelque légende d'une tradition depuis longtemps à l'abandon. »

Margaret Fuller

Son périple l'épuise, la jeune femme a besoin d'une journée de repos. Elle a encore du temps avant la fin de son calendrier de l'avent et il ne lui reste plus qu'à convaincre sa grand-mère avant de retourner à Bordeaux chez sa mère. Chiara décide donc de prendre une journée à Paris et de souffler, elle en ressent le besoin. Ces trajets et toutes ses émotions ont eu raison d'elle et son extrême fatigue lui ordonne de s'accorder une journée à ne rien faire. Elle décide ainsi de réserver un billet d'avion pour Vérone le lendemain ; cinq heures de trajet.

Chiara a manqué tous ses cours et ne peut pas retourner dans sa résidence étudiante. Elle doit alors réserver une chambre d'hôtel. Fan inconditionnelle de la Tour Eiffel, son choix se porte sur le Renaissance au Trocadéro, non loin de la dame de fer. Elle dépose son sac aux pieds du lit et s'octroie une sieste bien méritée.

Après s'être bien reposée, la jeune femme décide de se promener dans les rues de Paris et de profiter de ce moment de calme. Chiara termine sa promenade devant le Champ-de-Mars, et s'achète une gaufre bien chaude au goût de nutella qu'elle déguste en admirant le scintillement de la Tour Eiffel. Elle l'a observé tant de fois, mais c'est toujours aussi grandiose à ses yeux !

Après un dîner à l'hôtel, elle monte dans sa chambre et s'endort rapidement en dévorant un roman.

Le lendemain matin, assise à sa place dans l'avion, Chiara appréhende énormément son voyage, son trajet en avion ne la rassure pas. Est-ce bien le moyen de transport le plus fiable ? Surtout, que va-t-elle dire à sa nonna ? Avec son fort caractère, elle a toujours fait peur à toute la famille. En plus, elle ne s'est jamais retrouvée seule avec elle aussi longtemps.

Arrivée à l'aéroport de Vérone, Chiara se dirige vers l'extérieur pour trouver un taxi. Elle s'y installe et lui donne dans un italien parfait l'adresse de sa nonna. Trente minutes plus tard, elle se trouve devant la porte de sa maison. La jeune Italienne a toujours aimé la couleur vieux rose de son petit nid, comme celle d'une maison de poupée : un étage avec les chambres, dont celle de nonna dotée d'un balconnet, une véranda côté jardin, et cette odeur si particulière, typique de ce lieu.

La jeune femme allait sonner à la porte, quand

soudain, elle se rappelle que sa nonna n'apprécierait pas qu'elle arrive les mains vides, sacrilège ! Affolée, elle déambule dans les rues à la recherche d'un fleuriste, qu'elle trouve enfin au bout de quinze minutes de marche. Chiara choisit un très beau bouquet coloré, et retourne devant la maison. Elle sonne.

De loin, elle entend la voix de sa nonna.

— Sto bene, sto bene, sto arrivando ! Ça va, ça va, j'arrive !

Pas du tout étonnée du manque de patience de sa nonna, Chiara rit toute seule devant la porte, qui s'ouvre tout à coup. Ornella se fige devant sa petite-fille, s'approche d'elle et la prend dans ses bras, écrasant le bouquet de fleurs qui lui est destiné.

— Mais que fais-tu là toute seule ma chérie ? Oh c'est pour moi ce joli bouquet de fleurs ? Merci mio caro, ma chérie.

Chiara n'en revient pas de l'attitude de sa nonna, elle qui croyait se prendre une soufflante de sa part. Tout à coup, le visage d'Ornella s'assombrit et elle lui jette au visage le torchon qu'elle tenait à la main.

— Tu aurais pu me prévenir de ton arrivée, je t'aurais préparé un délicieux repas. Maintenant je suis obligée d'aller faire des courses, je n'ai presque plus rien dans le frigo ! s'écrie-t-elle en allant chercher un vase pour les fleurs dans sa cuisine.

Voilà, ça c'est sa nonna, dans toute sa splendeur ! Chiara entre timidement dans la maison et se dirige vers la cuisine. Ses jolies fleurs trônent dans la pièce, dans un superbe vase.

— Et où est mon torchon, piccola ragazza ? petite

fille ? lâche sa grand-mère, le sourcil relevé.

Chiara s'empresse d'aller le chercher dehors devant la porte et le lui rapporte. Sa nonna griffonne une liste de course sur un calepin, se rend dans l'entrée pour enfiler son manteau et ouvre la porte, puis se tourne vers elle.

— Tu ne crois tout de même pas que je vais aller faire les courses seule ? lance-t-elle en lui faisant un clin d'œil.

Chiara pose son sac à dos et rejoint sa nonna à l'extérieur. Les deux femmes se dirigent vers le marché de la Piazza delle Erbe, place principale de Vérone. Elle constitue le point de départ idéal pour l'exploration du charme historique et de la douceur de vivre de la ville. Outre sa splendide fontaine centrale du XIVe siècle arborant une statue de la Madone, on y trouve de vieux bâtiments à étages, des tavernes et des bars. Les étals couverts installés face à la boutique de chapeaux Borsalino proposent d'excellentes affaires. Ornella s'y rend pratiquement tous les jours. Elle aime déambuler dans ces rues et faire son marché, en croisant ses amies.

Ornella choisit ce qu'elle souhaite acheter et Chiara porte les sacs, ce qui l'amuse. Au fur et à mesure des courses, la jeune femme se rend compte que sa nonna se procure tous les ingrédients de ses plats et desserts préférés. Sa grand-mère a beau faire sa tête de cochon elle paraît plus que ravie d'accueillir sa petite-fille.

Les deux femmes croisent un homme vendant de la viande qui ne cesse de sourire à Ornella. Chiara tente d'écouter leur conversation, ils semblent bien se connaître. La jeune Italienne s'avance vers eux. Ornella n'a plus d'autre choix que de lui présenter Gianni, un ami selon cette dernière. Mais bien sûr ! Un ami… Chiara ressent une certaine proximité entre eux, et se trompe rarement. Ils se serrent la main, et Gianni la gratifie d'un franc sourire.

Elles retournent à la maison pour préparer le repas ensemble. Nonna a prévu pour le dîner des cannellonis à la sicilienne, sachant pertinemment que sa petite-fille en raffole. Chiara sort le plat du placard, le fameux plat jaune de sa nonna, et en profite pour préchauffer le four. Pendant qu'elles cuisinent, elles se racontent ce que chacune a manqué de l'autre durant ces dernières années sans se voir. La jeune femme n'évoque pas encore son projet, elle préfère le faire le ventre plein. Elle s'occupe de peler et d'émincer finement les oignons, pendant que sa grand-mère s'occupe de la viande. Après avoir mis le plat à chauffer au four, Ornella se lance dans la préparation de son fameux tiramisu, et pousse Chiara hors de la cuisine.

— Va donc te doucher et t'installer dans ta chambre pendant que je prépare le dessert, ne reste pas dans mes pattes ! Oh et après le dîner, des amis viennent jouer aux cartes avec moi dans la véranda, je ne vais pas modifier mes plans non plus, c'est notre partie hebdomadaire de Briscola !

Sacré nonna, elle ne changera jamais ! Chiara ne se fait pas prier, elle est épuisée et en profite pour se reposer sur le lit. La jeune fille se réveille une heure et demie plus tard, attirée par l'odeur qui plane au-dessus d'elle, émanant de la cuisine. Une fragrance qui lui rappelle son enfance, quand sa nonna cuisinait et qu'elle traînait dans ses pattes. Elle descend et se rend dans la salle à manger, la table est déjà dressée et ses jolies fleurs y trônent. Chiara fait le tour de la pièce et regarde par la fenêtre, des enfants jouent et font du vélo. La jeune femme ne peut s'empêcher de penser que sa mère ne la laissait jamais jouer seule dehors ; il fallait qu'elle ait toujours l'œil sur elle. Ici tout paraît si simple, si naturel.

Ornella sort sa petite-fille de ses pensées en arrivant dans la pièce, tenant à la main une bonne bouteille de chianti. Elles s'installent et commencent à déguster les fabuleux cannellonis, un vrai délice. Puis, arrive le tiramisu, aussi beau que bon. Chiara n'en pleut plus, qu'est-ce qu'elle mange ces derniers jours ! Entre ses séjours à Londres et à Saint-Malo, son corps n'en supportera bientôt pas davantage.

Sa grand-mère prend leurs deux verres de vin et les pose sur la table basse, lui proposant de s'installer sur le canapé pour digérer. Une occasion en or se présente pour discuter avec sa nonna de son projet de Noël. Sans préambule, elle lui présente le plan et lui raconte son périple chez son fils et sa fille.

Ornella en reste bouche bée, elle ne s'attendait pas du tout à une telle requête de sa petite-fille, elle qui sait pertinemment qu'elle n'a jamais quitté son pays. Son visage se renfrogne, Chiara le remarque et a très peur de sa réaction.

— Tu sais ma chérie, c'est vraiment un beau projet, mais ce n'est pas à mon âge que je vais quitter mon pays, alors que je ne suis jamais partie d'ici.

Chiara l'interrompt, en posant délicatement la main sur la sienne.

— Je t'en prie nonna, voir tout le monde réuni ne te ferait pas plaisir ? Tous tes enfants et petits-enfants, rassemblés dans la même maison pour quelques jours ? Allez, s'il-te-plaît ! tente-t-elle en lui lançant un regard de cocker.

Ornella se lève et lui demande de ne plus en discuter, elle ne changera pas d'avis. La discussion paraît mal engagée. Mais penser que l'opération Noël en famille n'aboutira pas, ce serait mal connaître Chiara, aussi têtue que sa grand-mère.

Une demi-heure plus tard, les amis de sa nonna arrivent : cinq personnes, dont Gianni, l'homme rencontré cet après-midi au marché. Tiens donc !

Tout le monde s'installe dans la véranda pendant qu'Ornella prépare du café. Chiara en profite pour faire connaissance avec les amis de sa nonna. La jeune femme semble charmée par la conversation de Gianni, et comprend que sa grand-mère puisse le trouver à son goût. Elle se demande tout de même s'ils sont vraiment ensemble.

La partie commence, Chiara se joint à eux, après que Gianni lui a expliqué les règles du jeu. Les parties s'enchaînent et se ressemblent, entre cris, colères, plaintes et lancer de torchon par sa nonna, les jeux de cartes en Italie quoi ! Au bout de deux heures, tout le monde commence à bâiller et à être fatigué, il est temps d'aller se coucher. Chacun s'en va, sauf Gianni qui reste prendre un dernier café.

Chiara se joint à eux le temps d'une petite discussion, puis les laisse seuls, préférant aller se coucher. Sa fatigue se fait de plus en plus ressentir. La jeune femme monte les marches et se tourne vers eux discrètement, épiant leur discussion dans le salon. Leurs regards attendris lui confirment bien ce qu'elle pensait. Sa nonna n'est plus seule, cette bonne nouvelle lui réchauffe le cœur.

Le lendemain matin, Ornella prépare le petit déjeuner lorsque Chiara descend. À peine a-t-elle eu le temps de manger, que sa nonna lui montre une feuille de papier avec un programme de visite pour la journée. Elle a tout prévu. Malgré sa fatigue, la perspective de passer du temps avec elle n'a pas de prix.

Les deux femmes partent de la maison bras dessus, bras dessous en direction de la Piazza Bra, la plus grande place de Vérone. Il s'agit du parc central de la ville, orné d'un jardin luxuriant et de grands arbres, ainsi que d'une fontaine et de la statue du Père de l'Italie, le roi Vittorio Emanuele II. Elles se baladent puis s'assoient pour admirer la vue sur les magnifiques joyaux architecturaux et historiques de la ville. Puis, elles se dirigent vers les Arènes de Vérone, pour finir sur l'une des terrasses des nombreux cafés installés le long de la partie nord-ouest de la Piazza Bra, pour un moment de détente.

Chiara observe sa nonna pendant qu'elle lui parle, elle lui rappelle tant sa mère. La jeune femme veut se rappeler tous ces moments de bonheur vécus ces derniers jours avec sa famille. Elle espère que sa grand-mère changera d'avis et pourra les rejoindre à Bordeaux, sans elle ce ne serait pas la même chose.

La jeune Italienne tente de remettre le sujet sur le tapis, mais sans plus de succès. Sa nonna n'a pas l'intention de venir passer Noël en France. Malgré sa grande déception, Chiara souhaite profiter pleinement du temps passé ici. L'après-midi, Ornella l'emmène en direction de la maison de Juliette. Chiara ne l'avait jamais visitée, et reste émerveillée devant le fameux balcon, lieu emblématique du drame romantique de Shakespeare. Elles ont pris la pose près de la statue de bronze de Juliette.

La légende raconte par ailleurs que la toucher assurerait chance et amour. Toutes deux terminent leur périple par une visite du musée, qui les plonge au cœur de cette célèbre histoire d'amour.

Les deux femmes rentrent à la maison, épuisées par leur promenade. Ornella prépare du chocolat chaud, accompagné de crème chantilly maison et de guimauves, qu'elle pose sur la table basse. Ce moment en tête-à-tête avec sa grand-mère restera gravé dans sa mémoire. Cette dernière lui avoue finalement que sa relation avec Gianni, dure depuis quelques mois. Elle n'en a jamais parlé à ses enfants de peur de les rendre tristes.

— Nonna, je suis certaine que ma mère serait plus que ravie de ne plus te savoir seule !

— Tu es sûre ma chérie ? s'étonne-t-elle, buvant une gorgée de son chocolat chaud.

Chiara la rassure, elle ne dira rien à sa mère, c'est à elle de lui annoncer la nouvelle. Elle reste pourtant persuadée que cela lui fera plaisir. Ornella sourit à cette idée. Chiara réfléchit, mais ne trouve plus aucun argument pour convaincre sa grand-mère de venir en France. La jeune femme n'a plus le choix : elle doit se confesser et lui confier qu'il lui est impossible de passer ce Noël sans sa présence avec le reste de la famille.

— Nonna, je dois t'avouer quelque chose, murmure-t-elle les yeux baissés.

Après plus d'une heure de discussion, Ornella, touchée, consent à passer Noël en France, mais à la seule condition que Gianni l'accompagne, refusant de le laisser seul en cette période. Chiara lui saute dans les bras. Bien sûr qu'il est le bienvenu !

Les jours suivants, les deux femmes continuent de profiter des joies de la belle ville de Vérone : théâtre romain, dégustation de vins à l'Antica Bottega del Vino, balades au bord de l'Adige. Le dernier soir, Ornella l'a souhaité spécial. Aussi, propose-t-elle à sa petite-fille chérie de se rendre à l'Opéra en compagnie de Gianni. Chiara saute de joie, jamais encore elle n'en a vu, elle a tellement hâte !

Ornella s'absente une heure sans explication, invoquant quelques courses à faire. Avant de partir au restaurant, Ornella dépose une robe sur le lit de Chiara, un petit cadeau pour sa soirée à l'Opéra.

La jeune femme descend, vêtue de cette magnifique toilette, et retrouve sa nonna et Gianni dans le salon. Elle est sublime, et sa grand-mère semble si fière d'elle. Gianni ne peut que s'incliner devant le charme de Chiara, elle tient de sa grand-mère. Tous les trois se rendent au restaurant La Griglia, afin de déguster une bistecca : les steaks sont une spécialité incontournable de Vérone ; et cela accompagnés d'un délicieux vin.

Après ce dîner, ils se rendent dans les Arènes de Vérone, l'un des plus grands amphithéâtres de l'Empire romain, accueillant régulièrement des Opéras, surtout en soirée. Chacun s'installe, Gianni confie une bougie à Chiara et Ornella. Quelques instants avant que la représentation ne commence, les projecteurs s'éteignent. Le public des gradins allume alors les traditionnelles petites bougies.

Chiara paraît subjuguée par ce spectacle, elle remarque tout juste que Gianni a posé la main sur celle de sa nonna. Son cœur bat la chamade, grâce à cette magnifique représentation, mais aussi grâce à sa nonna qui a retrouvé l'amour après tout ce temps.

Le lendemain matin, il est temps pour Chiara de retourner chez sa mère en direction de Bordeaux, pour la dernière étape de son périple. Bien qu'elle soit ravie de la retrouver et de se poser en terrain connu, elle semble déjà nostalgique de tous ces bons moments passés à retrouver et à redécouvrir sa famille. Elle a tellement hâte de les revoir dans peu de temps, enfin réunis. Le calendrier affiche la date du 17 décembre et dans une semaine c'est Noël, cela lui laisse le loisir de préparer sa mère à la venue de tout ce beau monde dans sa maison !

Elle a réservé son retour de Vérone vers Paris, ainsi que son billet de train le 18 décembre pour Bordeaux. Elle repassera à nouveau une nuit à l'hôtel, ne se sentant pas de prendre le train de nuit.

5.

« L'amour d'une famille, le centre
autour duquel tout gravite et tout brille. »

Victor Hugo

Rosa, sa mère, vient la chercher à la gare de Bordeaux. Les deux femmes semblent ravies de se retrouver. Elle ne lâche pas sa fille et la serre très fort dans ses bras. Arrivées à la maison, autour d'un thé, Chiara lui raconte les quinze derniers jours qu'elle vient de passer à courir d'un endroit à l'autre pour revoir sa famille et les convaincre de venir fêter Noël tous ensemble chez elle.

— Tu aurais pu tout de même m'en parler avant, tu ne crois pas ? s'étonne sa mère, prenant une gorgée de son thé.

— Je suis désolée, tu sais j'y ai beaucoup réfléchi et c'est le seul cadeau qui me ferait plaisir pour ce Noël.

— Je le sais ma chérie, je n'en reviens pas que tu aies réussi à convaincre ta nonna de quitter son pays ! s'écrie-t-elle, se réchauffant les mains autour de sa tasse de thé.

— J'ai dû lui avouer mes motivations pour la convaincre, répond Chiara les larmes aux yeux.

Rosa s'approche de sa fille, s'accroupit, la prend par la taille et la serre très fort, puis retourne s'asseoir, prostrée sur sa chaise à réfléchir. Chiara se doute bien que tout cela engendre de nombreuses émotions. Sa mère va revoir sa sœur à qui elle n'a pas adressé la parole depuis des années, son frère alcoolique dont elle n'avait plus aucune nouvelle, et sa mère qui n'a jamais quitté sa ville natale. Que d'émotions en perspective !

Son père, Philippe, arrive à ce moment-là et court vers sa fille, il est si heureux de la revoir. Tous deux se tournent vers le jeu d'échecs posé, comme d'habitude, sur la table basse. Son père lui a appris à jouer très jeune, et ils adorent s'y adonner ensemble. Pendant que chacun tente de d'infliger un échec et mat à l'autre, Rosa les observe discrètement depuis la cuisine ouverte. Le temps passe si vite, et pourtant leur vie va changer. Elle préfère ne pas y songer maintenant, il sera bien tant de s'en inquiéter le moment venu. Mieux vaut profiter de ces petits bonheurs sans penser au lendemain. Bon, elles ont un peu moins d'une semaine pour tout préparer, c'est large !

Après une bonne nuit de sommeil, Chiara prend son petit déjeuner avec ses parents. De les voir se taquiner et rire ensemble lui réchauffe le cœur, bien consciente de la chance qu'elle a d'avoir ses deux parents qui s'aiment encore. Sa priorité de la semaine, hormis organiser la soirée de Noël, est de passer le plus de temps possible avec eux et de remplir son cœur de tout l'amour qu'on lui donne. Malgré cette fatigue qui ne la quitte plus, elle compte bien se délecter des prochains jours.

Sur proposition de sa mère, Chiara envoie un message à toute la famille pour leur demander de venir la veille le 23 dans la journée, afin de profiter pleinement du 24 décembre et de terminer les préparatifs tous ensemble. Tout le monde est ravi de cette idée. Sa nonna a appelé Rosa pour lui parler de Gianni, Chiara a lu le bonheur et le soulagement sur son visage. Rosa souhaite tout savoir de cet homme qui partage la vie de sa mère. Chiara lui raconte son séjour plus en détail et leur dernière soirée à l'Opéra. Comme Rosa paraît ravie que sa fille ait pu passer du temps sans elle avec sa mère... Cela ne lui était jamais arrivé.

Rosa commence à dresser sa liste de courses, après avoir constitué le menu de la soirée. En Italie, il est d'usage de célébrer cette saison autour d'un somptueux repas composé de fruits de mer et de légumes. À la veille de Noël, les Italiens fêtent la vigilia en se rassemblant autour d'un repas composé de sept plats de poissons et crustacés. Aucune table italienne en période de fêtes n'est complète sans un classique plateau de biscuits mélangés : panettone, pandoro, panforte. Quant aux desserts, sa liste prévoit les préférés de Chiara. La jeune femme s'en réjouit d'avance !

En attendant ce merveilleux réveillon, Rosa a organisé pour elle, son mari et leur bien-aimée Chiara, une journée de détente et de découverte dans un prestigieux domaine viticole. Dans le confort d'un véhicule de luxe, leur guide personnel profitera du trajet pour leur communiquer des informations sur l'une des plus anciennes régions viticoles de France, déjà exploitée par les Romains.

Chacun se prépare et la voiture passe les prendre. Ils découvrent les magnifiques vignobles de la rive droite de la Garonne, et les châteaux qui font la renommée des grands crus de la région. Arrivés sur place, ils sont rapidement pris en charge pour une visite commentée des chais, des vignes, du cuvier. Une dégustation des vins du domaine leur est proposée et ils sont initiés aux techniques, qui font découvrir à leur nez et leurs papilles des sensations insoupçonnées.

Encore une belle journée qui passe rapidement. Philippe souhaite inviter les femmes de sa vie à diner. Juste le temps de passer par la maison pour reprendre leur souffle et se rafraîchir, puis une soirée en ville leur fera le plus grand bien. Chiara a l'impression de vivre un rêve éveillé depuis début décembre. Elle a la sensation de glisser et de ressentir tout l'amour que sa famille éprouve pour elle. Tout ce bonheur la requinque et lui confirme à quel point la vie peut aussi être si douce parfois.

De retour à la maison, posée sur son lit dans la chambre qu'elle occupait petite, ses souvenirs d'enfance s'immiscent dans son esprit. Les moments passés avec ses cousins et cousines dans le jardin, en ville, à la mer. De nombreuses émotions la submergent et elle s'impatiente à l'idée de les revivre lorsque tout le monde sera arrivé. Sentir la présence de ses parents autour d'elle la rassure, pendant des années, elle s'est retrouvée seule pour ses études à Paris. Bien qu'étant devenue une jeune femme autonome et indépendante, se retrouver de nouveau chouchoutée par ses parents la réconforte. La jeune femme ne pensait pas qu'elle en aurait tant besoin.

Le lendemain matin, Rosa et Philippe profitent d'une grasse matinée. Chiara saisit cette opportunité pour regarder les albums photo de son enfance, ainsi que les vidéos faites par ses parents. Elle en sélectionne quelques-unes pour les montrer aux cousins et cousines. Rosa la rejoint dans le salon, il est temps de penser à la façon dont ils vont installer tout ce beau monde. Cela fait tout de même sept personnes à accueillir en plus dans seulement quatre chambres. La jeune Italienne a tout prévu : les chambres seront pour les adultes donc Gianni et Ornella, Luisa, Nino et bien sûr ses parents qui resteront dans la leur. Elle cèdera volontiers sa chambre, et ira dormir sur un matelas gonflable dans la salle à manger avec son cousin, et ses cousines prendront le canapé-lit du salon, c'est réglé.

Rosa admire sa fille, elle a décidément déjà pensé à tout. Plusieurs arbres ornent le jardin de ses parents, dont un énorme cerisier en plein milieu. Sur celui-ci sont gravées des initiales. Chiara s'y rend et les caresse du bout des doigts : « C et N pour la vie ». C pour Chiara et N pour Noah, qui avait gravé cette phrase lorsqu'ils étaient enfants. Son cousin représente le grand frère qu'elle n'a jamais eu, enfin qu'elle aurait pu avoir. Sa mère était enceinte avant sa naissance, d'un garçon, à six mois son petit cœur s'était arrêté de battre et elle avait dû accoucher d'un bébé mort. Rosa a mis plusieurs années à s'en remettre, et à ne serait-ce qu'envisager d'avoir un autre enfant.

Philippe la rejoint dehors, déposant un châle sur ses épaules, le vent se lève et les températures commencent à tomber. Chiara pose sa tête sur l'épaule de son père, ils restent ainsi un long moment sans se parler, avant de retourner à l'intérieur pour une partie d'échecs.

Les journées suivantes passent à une vitesse folle, les courses sont faites, il leur reste seulement une journée avant l'arrivée du reste de la famille. Rosa appréhende de plus en plus ce moment où elle va revoir tout le monde. Cela fait si longtemps. Sa sœur lui manque tellement, comment réparer tout le mal infligé ? Lui pardonnera-t-elle un jour ? Tous les torts ne lui incombent pas, mais elle reste bien consciente de sa responsabilité, et du fait qu'elle a beaucoup fait souffrir sa petite sœur lorsqu'elles étaient plus jeunes. Comment rattraper toutes ces années perdues ? Elle le fera pour sa fille, qui a soulevé des montagnes pour réunir tout le monde cette année. Chiara propose à ses parents pour cette dernière journée tous les trois, de se promener et malgré le temps frais, de faire un pique-nique au bord de la mer. Comment le lui refuser ?

Départ tôt de la maison en direction de Lacanau-Océan et son immense plage chahutée par les vagues de l'Atlantique. Rosa a préparé des sandwichs, des salades, ainsi que des fruits disposés dans un panier. Elle a également prévu des plaids pour s'installer sur le sable.

Ils passent la journée à rire, à discuter, à se promener et à profiter de cet air frais qui les revigore. Ce fabuleux panorama, même en cette époque de l'année, leur coupe le souffle. Pourtant, la fraîcheur aura le dernier mot. En milieu d'après-midi, ils rentrent les mains glacées par le vent qui s'est levé, pendant que la température baissait.

À peine rentrée, Rosa s'attèle à préparer du chocolat chaud pour se réchauffer, pendant que Philippe allume un feu de cheminée. Chiara qui regarde par la fenêtre depuis le canapé, est intriguée par quelque chose qu'elle croit avoir vu. La jeune femme se lève, se rapproche de la fenêtre, et crie. Inquiets, ses parents se ruent vers elle et constatent qu'il neige. Chiara n'espérait plus de neige le jour de Noël, et pourtant la voilà enfin ! Si elle continue à tomber de cette manière, demain un manteau blanc recouvrira le jardin, quel bonheur ! La jeune femme le prend comme un signe, un moment de grâce rien que pour elle. Après un bon dîner et un film de Noël, Chiara, épuisée, monte se coucher.

Le lendemain, sa famille arrivera tôt, et il faudra tout préparer pour le grand repas. La jeune femme semble fatiguée, mais son cœur rempli de joie et de bonheur lui donne la force nécessaire.

Remarquant quelques livres sur l'étagère de la chambre, elle en prend un au hasard, aimant plus que tout la sensation de s'endormir en lisant les pages d'un roman, ce qui se produit au bout de seulement vingt minutes.

Le lendemain matin, Chiara est réveillée par un brouhaha. Elle fonce dans la salle de bain pour prendre une douche, descend ensuite en trombe et découvre les premiers arrivants de sa famille. La jeune femme distingue sa tante Luisa, ainsi que son cousin Noah, et comme à son habitude, elle lui saute dans les bras. Luisa paraît mal à l'aise, évidemment, les deux sœurs ne se sont ni vu, ni parlé depuis des années. Elles se font face sans piper mot, Chiara a bien fait de descendre et tente de détendre l'atmosphère.

Philippe, bien content d'aller chercher Ornella et Gianni à l'aéroport, s'empresse de sortir. Chiara propose d'aller acheter le sapin avec Noah, ainsi que les décorations. La jeune femme propose à sa mère et sa tante de commencer à décorer la maison, tout le reste des décorations de Noël se trouve dans le garage. L'idée semble plaire aux deux femmes qui s'y rendent.

Nino et ses deux filles ne sont pas censés arriver avant cet après-midi, ce qui laisse le temps à tout le monde de vaquer à ses occupations avant leur venue.

Chiara et Noah déambulent dans Le Jardin des fleurs afin de trouver le sapin idéal. La neige n'a pas cessé de tomber depuis la veille, ce qui donne une idée à la jeune femme. Elle se précipite dans la neige pour préparer un stock de boules à lancer sur son cousin. Celui-ci n'est pas en reste et ne se gêne pas pour la mitrailler.

Quel bonheur de lâcher prise et de redevenir un

enfant le temps des fêtes. Après cette bataille remportée par Chiara selon elle, ils se mettent enfin à la recherche du sapin parfait pour leur soirée. Noah s'arrête devant un immense conifère, qui lui semble convenir parfaitement, Chiara paraît également convaincue. Ils se mettent d'accord avec le responsable du magasin pour le faire livrer d'ici une heure, à la maison familiale. Pendant ce temps, les deux jeunes gens achètent les décorations et les guirlandes.

Luisa et Rosa ont récupéré les décorations dans le garage, et commencent à orner l'intérieur de la maison. Aucune des deux sœurs n'a tenté d'entamer la discussion, ne sachant par où commencer. Rosa rompt ce silence qu'elle ne supporte plus, et se tourne vers sa petite sœur :

— Je suis désolée, murmure-t-elle fixant sa sœur du regard.

— Moi aussi Rosa, pardonne-moi.

Les deux femmes se prennent dans les bras, et laissent couler leurs larmes.

— Tu n'as rien à te faire pardonner, insiste Rosa. Tout est ma faute, et j'étais trop fière pour le reconnaître. Je t'ai fait souffrir et je le regrette, si tu savais.

— Toutes ces années sans se parler, quel gâchis. Ne perdons pas plus de temps et tournons la page ! s'écrie Luisa, déterminée.

— Tu as raison, oublions le passé et profitons des années qu'il nous reste et de ce nouveau départ.

— Ta fille est formidable, tu le sais ? Ce qu'elle a fait pour nous n'a pas de prix.

Rosa plonge dans ses pensées, puis passe la main

devant son visage comme pour retrouver sa lucidité. Les deux femmes continuent de décorer la maison, mais quelque chose a changé. Elles ont plaisir à le faire ensemble et échangent de nombreux regards en souriant.

Tout le monde est rentré. Le sapin a été livré. Noah et Chiara s'appliquent à le décorer.

Philippe est de retour de l'aéroport accompagné d'Ornella et Gianni. Luisa et Rosa se précipitent à l'extérieur pour accueillir leur mère et son compagnon.

Gianni sort de la voiture et aide sa compagne à se lever de son siège. La grand-mère semble émue de voir ses deux filles côte à côte à l'attendre. Elle ne pouvait pas rêver meilleur accueil. Les trois femmes se serrent dans les bras et entrent dans la maison. Philippe s'occupe des bagages et des cadeaux se trouvant dans le coffre.

Ornella présente Gianni. Rosa et Luisa sont enchantées de le rencontrer. Philippe leur propose de leur montrer leur chambre. Avant de monter, Ornella se tourne vers ses filles et s'adresse à elles :

— Le mie care figlie, mes filles chéries, si vous saviez comme je suis heureuse de vous voir réunies. Bon, c'est pas tout, ça, mais je vais préparer le déjeuner, rien ne vaut un bon osso bucco de nonna ! J'ai apporté mes provisions, s'écrie-t-elle en leur faisant un clin d'œil.

Rosa et Luisa se regardent et éclatent de rire. Leur mère ne changera jamais ! C'est rassurant de découvrir à quel point elle a conservé son caractère bien trempé. Noah et Chiara ont terminé de décorer le sapin et branchent les illuminations. Tout le monde admire les lumières qui traversent toute la pièce.

Ornella s'affaire dans la cuisine, et a jeté tout le monde dehors, souhaitant être tranquille pour préparer son plat. Rosa n'en peut plus de rire en entendant sa mère se plaindre de ne pas trouver les plats dans les placards, mais n'ose pas aller l'aider de peur de se prendre un coup de torchon.

Les deux sœurs feuillètent les albums photo de leur enfance avec une certaine nostalgie, pendant que Noah et Chiara se promènent dans le centre-ville. Philippe et Gianni installent les décorations extérieures devant la maison.

Ornella a terminé le repas et crie le prénom de ses filles.

— Je ne vais pas en plus mettre la table ! Au travail mes chéries !

Tout le monde met la main à la pâte pour dresser la table. Un premier repas ensemble. La famille n'est pas encore au complet, mais c'est un bon début. Ornella demande à Rosa de téléphoner à Chiara et Noah, pour qu'ils rentrent.

— Ces jeunes, il faut tout leur dire, plaisante Ornella.

Chacun se régale de ce délicieux plat. Tout le monde discute et sourit. Ce déjeuner se révèle de bon augure pour la soirée de Noël. Gianni se sent vraiment très à l'aise avec sa nouvelle tribu. Avec toutes les tensions dont lui avait parlé Ornella, il appréhendait cette première rencontre, et les retrouvailles de la famille.

Chacun s'installe dans le salon, pour prendre un café. Rosa et Luisa ont insisté pour que leur mère se repose et vont le préparer. La sonnerie de la porte retentit. Rosa se lève pour ouvrir et se retrouve face à son frère Nino, et ses nièces, Sarah et Emily. Après quelques secondes sans bouger, elle s'écarte de la porte pour les laisser pénétrer dans l'entrée.

Ornella passe par la cuisine et revient ensuite dans l'entrée. Elle lance son torchon au visage de son fils, puis le serre dans ses bras en larmes.

— Non lasciarmi mai più senza notizie, idiota ! Ne me laisse plus jamais sans nouvelles, idiot !

Sarah et Emily se dirigent vers Noah et Chiara, ravies de les voir et de retrouver tout le monde. Chiara paraît si heureuse, la famille est enfin réunie. Tous dans la même maison, il n'en fallait pas plus pour faire chavirer son petit cœur.

Chacun passe l'après-midi à s'installer dans sa chambre, ranger ses affaires et déposer les cadeaux sous le sapin. Chiara leur avait pourtant recommandé de ne rien acheter, le cadeau étant de tous se retrouver. Mais est-ce vraiment Noël si on n'ouvre pas de paquets ?

Une idée germe dans l'esprit de la jeune femme pour leur première soirée. Tout en espérant que tout le monde sera d'accord, Chiara court vérifier dans le garage que son projet peut se réaliser. Elle trouve ce qu'elle cherche, quelle satisfaction !

La jeune Italienne retrouve tout le monde dans le salon et propose une soirée cinéma un peu particulière. Cette dernière a retrouvé le projecteur de son père dans le garage, elle aimerait regarder un film dans le jardin sur le mur de la maison, et installer des chaises dehors après le dîner. Il faudra prévoir des couvertures et un chauffage extérieur. Tout le monde semble séduit par cette idée. Une question importante taraude cependant Noah :

— Par contre, qui choisit le film ? Parce que vos histoires de Noël merci, mais non merci ! s'écrie-t-il en fixant Chiara du regard.

La jeune femme leur suggère de jouer à la courte paille, le gagnant choisira. Tout le monde accepte. Chiara prépare les bâtonnets du plus petit au plus grand, les mélange et chacun en tire un au hasard. Évidemment, le plus court tombe sur Noah, Chiara sent pointer le film d'action à plein nez et son intuition se confirme, il en choisit un avec Bruce Willis. Le jeune homme n'a pas vu venir le coup de torchon de nonna, lui arrivant en plein visage.

— Sei sicuro della tua scelta ragazzo mio ? Tu es sûr de ton choix mon garçon ? s'exclame-t-elle le fixant de son regard noir.

Les trois cousines n'en peuvent plus de rire et n'aimeraient vraiment pas se trouver à la place de Noah à ce moment précis. Ce dernier bafouille, ne sachant plus quoi répondre à sa nonna, et finit par capituler. Le jeune homme ne souhaite pas l'affronter, il ne la connaît que trop, elle ne lâchera rien. Son choix se porte finalement sur Love actually que toute la famille adore.

— Ottima scelta ! Très bon choix ! lance Ornella,

ravie de son petit effet.

Après le dîner, les hommes installent les chaises dans le jardin, ainsi que le chauffage. Il ne neige plus pour le moment, la météo prévoit qu'elle retombe durant la nuit. Ils mettent en place un grand barnum au cas où, et déposent des couvertures sur les chaises.

Les filles s'affairent dans la cuisine pour préparer du chocolat chaud, accompagné de crème chantilly et de guimauves.

Philippe et Gianni, qui ne se quittent plus, tentant tant bien que mal de communiquer entre français et italien, s'évertuent à essayer d'installer le projecteur, ainsi que l'ordinateur.

Le film est lancé, Noah assis près de Chiara évidemment, la regarde en mettant son doigt dans sa bouche simulant le fait de vomir. Elle n'en peut plus de rire.

— Avoue, tu adores ce film, hein ? plaisante-t-elle, en lui lançant de la neige au visage.

Rosa observe toute la famille. Il en aura fallu des années pour se retrouver tous ici. Tellement fière de sa fille, grâce à qui tout ceci s'est avéré possible. Chiara, qui a grandi tellement vite, trop vite. Elle a la sensation de courir après le temps, de vivre à cent à l'heure et de ne pas assez privilégier ce qui lui semble pourtant être le plus important : sa famille. Ce Noël improvisé lui aura montré à quel point on se laisse déborder par la vie sans penser à ce qui est primordial, les personnes qu'on aime le plus au monde : souvent négligées, mais jamais oubliées. Tout le monde a toujours une place de choix dans son cœur, même avec la distance. Et découvrir chacun, prendre du plaisir à se voir, ça n'a pas de prix.

Malgré le froid, la famille semble ravie de regarder le film dehors, emmitouflée dans des manteaux chauds, des bonnets et des gants.

Les cousines sont en larmes devant la fameuse scène durant laquelle Mark déclare sa flamme à Juliet devant sa porte avec ses pancartes ! Qui n'a pas pleuré devant cette déclaration d'amour ? Même nonna laisse perler quelques larmes sur son visage et tente de les essuyer discrètement. Il ne faudrait pas que la famille pense qu'elle devient sensible avec l'âge !

Après le film, tout le monde monte se coucher. Les cousins et cousines, assignés au rez-de-chaussée ne sont pas fatigués et discutent une bonne partie de la nuit, se promettant de rester en contact et de ne plus laisser la distance les séparer. Sachant pertinemment qu'elle ne pourra pas tenir cette promesse, Chiara acquiesce tout de même.

La veille de Noël, Chiara y est enfin, elle a réussi, elle a convaincu tout le monde de se réunir pour les fêtes. La jeune femme n'en revient pas et s'apprête à passer l'un des meilleurs moments de sa vie durant cette soirée. Elle compte bien prendre avec elle toute l'énergie et l'amour de tous pour les ancrer dans sa mémoire et dans son cœur. Chiara commence à écrire sa lettre dans son petit carnet. Elle la donnera à sa mère après la soirée.

La journée passe très vite, chacun aide à la préparation du dîner, et au rangement de la maison. Chiara sort un instant prendre l'air pur, la neige a recouvert le jardin de son joli manteau blanc. La jeune Italienne frissonne, Rosa la rejoint et lui tend un manteau, qu'elle enfile immédiatement. Sa mère la prend dans ses bras et respire son odeur.

— Je suis si fière de toi ma chérie, tu as tant fait pour notre famille. Tu as toujours été notre ciment et tu le seras éternellement, quoi qu'il arrive, murmure Rosa en lui caressant la joue.

— Merci, je suis à la fois si heureuse et si triste, lâche Chiara, enfouissant son visage dans le cou de sa mère.

Rosa n'arrive plus à contenir son émotion, son cœur de mère se brise de voir ainsi sa fille souffrir, elle ne mérite pas ça.

— Tu sais tu peux encore changer d'avis. Rien n'est gravé dans la roche, tente-t-elle peu convaincue.

— À quoi bon ? Tu le sais bien, ce ne serait que reculer pour mieux sauter.

Rosa caresse l'épaule de sa fille, elle sera toujours présente, quels que soient ses choix. Elles retournent à l'intérieur.

Chiara et Rosa se rendent dans la cuisine pour apporter leur aide à nonna et Luisa qui s'affairent depuis le début de l'après-midi.

— On ne te dérange pas trop Rosa ? Va donc aider ta sœur à préparer les desserts ! s'écrie Ornella.

Rosa s'exécute et se montre ravie de ne pas recevoir de coup de torchon. Malgré son âge, elle ne se permettra pas de répondre à sa mère. Nino prend une bière dans le frigo, sous le regard réprobateur de

Chiara. Gêné, il se dirige dans le salon pour la boire. La jeune femme reconnaît qu'elle peut paraître dure parfois, elle devrait se montrer plus compréhensive. Il ne peut pas arrêter d'un coup comme il le lui a précisé à Londres. Chiara décide de le rejoindre dans le salon et s'installe près de lui pour discuter. Nino semble soulagé et lui raconte qu'après son départ, il s'est régulièrement rendu au Campus Kitchen afin de distribuer des repas aux plus démunis. Cette activité lui est devenue essentielle, parfois Sarah et Emily l'accompagnent. Tout ne s'est pas encore arrangé, ce n'est pas si simple. Les filles ont encore beaucoup de ressentiments vis-à-vis de leur père, mais elles apprennent à le redécouvrir et lui laissent une nouvelle chance.

Gianni tente d'apprendre à Philippe le jeu de carte du Briscola. Il trouve cette activité très amusante, Ornella propose de faire une partie. Noah, Sarah et Emily se joignent à eux et bientôt toute la famille se retrouve autour de la table.

Le dîner est bientôt prêt, tout le monde monte se changer et mettre ses habits d'apparat. Chiara sort une jolie robe de son armoire, achetée par sa mère spécialement pour cette soirée. Son père arrive au moment où elle la porte, il lui remonte la fermeture dans le dos. Chiara se retourne et Philippe se rend compte à quel point sa petite fille est devenue une très belle jeune femme. La vie peut parfois se montrer tellement injuste, mais aujourd'hui, ce soir, ici, elle se révèle généreuse et surprenante. Qui aurait cru que toute la famille dînerait ensemble cette année ? Sa fille a réalisé un exploit que personne d'autre n'aurait pu réussir. Sa grande générosité et son amour pour la famille, ont fait que tout ceci s'avère possible. Ils descendent rejoindre les autres au salon.

Chacun s'assoit à table, Chiara s'est installée près de ses parents et de Noah, la place centrale est laissée à Ornella. Pourtant, cette dernière se dirige vers sa petite-fille, l'invite à se lever et l'y installe.

— Personne ne mérite cette place plus que toi cette année ma chérie, ti amo tanto ! Je t'aime tant !

La main posée sur sa bouche, Chiara n'arrive plus à contenir son émotion et ses larmes coulent le long de ses joues. Toute la famille paraît très émue par l'attention de nonna envers sa petite-fille. Toutefois, cette dernière n'a pas dit son dernier mot, elle s'empare d'un torchon qu'elle lance sur Nino.

— Laisse-moi ta place idiota, je voudrais être près de ma petite-fille.

Le dîner se déroule à merveille, entre discussions, évocations des souvenirs d'enfance. Luisa et Rosa se tiennent la main alors qu'elles discutent ensemble. Que c'est beau de les voir à nouveau si proches l'une de l'autre. Nino, Gianni et Philippe complotent discrètement. Ils mettent en place une nouvelle stratégie pour battre les filles aux cartes plus tard. Leur raclée du jour a touché leur ego.

Chiara observe sa famille, dont elle semble si fière. Elle ressent tout l'amour qui se dégage de cette table. Sa mission est accomplie, elle peut être en paix dorénavant.

Après le dîner, tout le monde se retrouve dans le

salon pour ouvrir les cadeaux. Noah et Chiara les distribuent selon les prénoms écrits sur chacun d'eux. Durant l'après-midi, la jeune femme avait réussi à s'échapper un moment pour acheter des cadres. Elle avait pris soin de prendre des photos de tout le monde durant la matinée, et les a imprimées.

Elle court chercher ses derniers cadeaux dans sa chambre et les distribue à chaque personne. Chacun ouvre son paquet, et découvre un cadre avec un pêle-mêle de photos de toute la famille s'affairant à organiser cette soirée, accompagné d'un mot :

Pour ne jamais oublier ! Joyeux Noël, avec tout mon amour, Chiara.

Un souvenir impérissable que chacun conservera précieusement. Tout le monde a fait en sorte que cette soirée reste inoubliable, mettant de côté ses soucis et son ressentiment pour passer un bon moment ensemble. C'est Noël !

Il se fait tard, la fatigue l'emporte sur la volonté de tous de continuer à passer du temps ensemble. Chiara se tourne vers ses cousins et s'adresse à eux.

— Si cela ne vous dérange pas, je vais passer cette nuit avec mes parents dans leur chambre, comme une envie de redevenir enfant.

Elle les serre dans ses bras et les embrasse tendrement, avant de rejoindre ses parents à l'étage. Elle s'éloigne d'eux en murmurant : *Je vous aime... Adieu...*

Chiara fait un petit détour par la chambre où se

trouve sa nonna, pour un dernier baiser et câlin.

— Je t'aime si fort ma nonna, lâche-t-elle les larmes aux yeux.

Pour Chiara, c'est le dernier moment de bonheur qu'elle partage en compagnie de sa famille. Elle s'endort sur cette pensée dans la chambre de ses parents en leur compagnie. Comme lorsqu'elle était enfant et qu'elle faisait un cauchemar, ou juste pour ne pas dormir seule. Elle met son réveil à sonner tôt.

6.

« On passe sa vie à dire adieu à ceux qui
partent, jusqu'au jour où l'on dit
adieu à ceux qui restent. »

Véra de Talleyrand-Périgord

Le lendemain matin, tout le monde prend le petit déjeuner dans la cuisine. Rosa et Philippe les rejoignent en larmes. Chacun se précipite pour comprendre ce qu'il se passe. Noah se demande où se trouve sa cousine.

Rosa prend une grande inspiration et tente de se calmer, ses mains, tenant une enveloppe, tremblent. La femme se ressaisit et s'adresse à toute la famille.

— Chiara est partie pour Paris ce matin très tôt, nous l'avons accompagnée à la gare, mais je préfère la laisser vous expliquer ce choix, finit-elle par lâcher, en sanglotant. Ma fille vous a laissé une lettre, qu'elle souhaite que je vous lise.

Ornella prend la main de Gianni et la serre très fort.

Rosa ouvre l'enveloppe et commence sa lecture.

À ma famille,

Ne m'en veuillez pas, j'ai dû vous quitter et je vais vous raconter pourquoi.

Il y a un peu plus d'un an, après de nombreux symptômes inexpliqués, mon médecin m'a prescrit une batterie de tests. Après plusieurs semaines, le diagnostic est tombé : une tumeur cérébrale appelée Glioblastome. Ce mot ne me disait rien, le médecin m'a expliqué que cette dernière est souvent inopérable, et c'est le cas pour la mienne. Nous avons tout de même tenté une radiochimiothérapie concomitante quotidienne durant six semaines, malheureusement sans succès.

Mes chances de survie ne dépassaient pas, à l'époque, douze à quinze mois, et c'était il y a déjà un an. Il ne me reste donc plus que quelques mois et dans quelles conditions... Mon état se dégrade rapidement et bientôt je serais clouée sur un lit d'hôpital, avec la crainte de ne plus être moi-même physiquement et mentalement.

Le médecin m'a confirmé qu'il n'y avait pas d'autres solutions et m'a proposé une prise en charge palliative que j'ai refusée. Je souhaite vivre mes derniers moments en famille, à voyager et à profiter de mes derniers instants à ma façon.

J'ai passé quelques semaines avec mes parents à réfléchir à mon avenir, enfin ce qu'il m'en restait et la façon dont je souhaitais le passer. Il était hors de question pour moi de me retrouver sur un lit à attendre la mort.

J'ai pris ma décision, et je souhaite partir avant que mon état ne s'aggrave. Je suis rentrée à Paris, mes parents me rejoindront et nous partirons ensemble pour la Belgique pour une euthanasie le 31 décembre, ne souhaitant pas débuter une nouvelle année dont je ne pourrai pas voir la fin.

Je suis bien consciente de la souffrance que mes mots engendrent, vous imposent. J'en suis désolée, pardonnez-moi... Mais je n'ai pas eu la force de vous en parler. Je souhaitais que ce dernier moment tous ensemble se passe sous le signe de la joie et du bonheur. Je ne voulais pas sentir sur moi vos regards de pitié, et de compassion. Je voulais surtout que vous gardiez en mémoire, mon visage heureux, souriant et aimant.

Lorsque j'ai eu l'idée de tous nous réunir, malgré tout mon enthousiasme, je partais un peu défaitiste. Pourtant, je sentais au plus profond de moi que je devais tout tenter pour bénéficier d'un dernier moment de bonheur avec vous.

À ma nonna, sache que je t'ai toujours admirée, tu resteras à jamais mon modèle. Ta persévérance, ton amour, et tes lancers de torchon resteront à jamais gravés dans ma mémoire. Gianni, je te la confie, prend bien soin d'elle.

À mon cousin Noah, tu as été le grand frère que je n'ai pas eu la chance d'avoir, je suis persuadée que tu trouveras bientôt l'amour de ta vie, n'oublie jamais que la famille sera toujours là pour toi.

À ma tante Luisa, quel plaisir d'avoir pu passer un peu de temps avec toi, je ne l'oublierai jamais.

À Nino, mon oncle, je suis si fière de toi, tu as compris ce qui était important et je suis persuadée que tu ne l'oublieras pas.

À mes cousines Sarah et Emily, ravie d'avoir pu

vous retrouver durant ces quelques jours, je vous souhaite beaucoup de bonheur.

À mes parents, qui vont vivre une terrible épreuve et qui pourtant, m'ont toujours soutenue et suivie dans ma décision. Merci d'avoir respecté mon choix et d'avoir toujours été là pour moi. Je vous attends.

N'oubliez jamais l'amour que je vous porte, et le plus important : LA FAMILLE ! Restez proches les uns des autres, gardez cette tradition de vous rassembler tous ensemble le plus souvent possible et surtout à Noël ! Vivez, aimez, sortez, profitez de chaque moment de votre vie comme si c'était le dernier.

Je veillerais sur vous, je serais votre petite étoile... Je vous aime si fort !

À jamais à vous, Christmas actually...

Chiara

MERCI !

Cette histoire s'est imposée à moi une nuit, sans que je puisse résister. Je me suis levée et j'ai commencé à écrire l'histoire de Chiara. Ma petite Chiara, à laquelle je me suis immédiatement attachée, comme lorsque je lis un roman. Cette période de l'année est propice à ce genre d'histoire, rien n'a plus d'importance que la famille, et encore plus à Noël.

Le contexte actuel nous montre encore aujourd'hui quelles sont nos priorités. Nous sommes tous happés par nos vies, par notre travail, mais n'oublions jamais ce qui est important pour nous, et ce qui restera toute notre vie présent à nos côtés.

Merci infiniment à Lacoursière Éditions de me suivre dans tous mes projets ! Merci d'être toujours derrière moi et de me faire confiance !

J'espère sincèrement que vous prendrez autant de plaisir à lire cette histoire que j'en ai pris à l'écrire.

Je vous souhaite un très joyeux Noël en compagnie des personnes qui comptent pour vous. Je vous souhaite aussi une très belle année 2023, remplie d'amour.

Je vous dis à très bientôt pour une nouvelle aventure !

Laissez-vous tenter par la suite des aventures de cette famille haute en couleurs : *PS : Christmas, I love you*. J'espère que vous aurez la furieuse envie de continuer à les découvrir !

N'hésitez pas à me faire un petit coucou sur mes réseaux sociaux, je serais plus que ravie de vous y croiser. Je suis sur Facebook, Instagram, et Twitter sous le nom de Ma Nouvelle Plume.

Linda Da Silva
Ma Nouvelle Plume

Achevé d'imprimer sur les presses de l'imprimerie Bookpress à Olsztyn, Pologne, au mois de juin 2022.